天国への列車

森下みかん

ミツイパブリッシング

目次

イラストレーション　みなみなみ
カバーデザイン　藤田知子

おじいさんとおじいさん

むかしむかし、あるところに、おじいさんとおじいさんが住んでいました。おじいさんとおばあさんではなくて、おじいさんとおじいさん。そう、この二人は双子《ふたご》だったのです。そして、この二人は、私たちが想像するよりもはるかにずっと昔から、一緒に住んでいたのです。

「なあ、おじいさんや。あの頃が懐かしいとは思わんかね？」

「あーあ。あの頃はよかったねえ。人の心の中が見えていた。何にも言わなくても、そこにその人がいるだけで、その人が何を考えているかがわかったもんだ。じいっと、ただ向き合っているだけで……」

「そう、互いにただ向き合っているだけで、その人の心の中が自然に伝わってきたんだよ。だから、表面をいくら取《と》り繕《つくろ》っても意味がなかったし、お互いはお互いに対して、自然とよい思いだけを抱くようになったもんだったよ」

「そうさ。だから、普段からきれいな心でいさえすれば、嘘をついたりごまかしたりしなくてよかったから、楽だったし、安心だった」

「だが、今の暮らしは、何とも難しいことが多すぎて……。ああ、このパソコンも、もう寿命だね。何を取り換えたってうまくいかない」

「そろそろ、あの人の出番かな？」

「うん。あの人はいい人だ。いつもちゃんと直してくれるのに、代金はほんのちょっぴりしか取らないときている。ああいう人ばかりだといいんだけどね」

　そんなことを話していると、ピンポーンと、玄関にだれかがやって来ました。おじいさんが、すこし曲がった背中でゆっくりと出て行くと、そこに一人の若者が立っていました。

　若者は言いました。

「あのう……すみませんが、ひと晩、宿をかしてはいただけませんか？」

若者は、困っているようでした。おじいさんは気の毒に思って、若者を中へ入れてやりました。そして食事をさせ、お客用にとってある一番ふかふかの布団に寝させてやりました。

次の朝、目を覚ますと、隣に寝ているはずのもう一人のおじいさんがいません。トイレにも、中庭にも、いませんでした。玄関先に、そのおじいさんの茶色い靴が、片方だけ脱ぎ捨てられてありました。そして若者の靴もなく、家中の食べ物が、ありとあらゆる食べ物が——そう、大根から蜂蜜まで——すっかりなくなっていたのです。

おじいさんは、衝撃のあまり気を失いかけました。が、もう一人のおじいさんのことが心配でしたので、心の中で呼びかけてみました。

「なあ、おじいさんや……」

すると、もう一人のおじいさんが答えました。

「悪いが……わしはもう生きていない。あの若者が食べ物を運ぶのを見ていたら、急に息が詰まってねえ……倒れてしまった。すると、あの子はわしを抱きかかえて……裏山のコーヒーの木の根元に埋めてくれたんじゃよ……。ここは、しっとりとした、いいところじゃよ。おまえさんと一緒にいられないのは、ちと淋しいが……まあ、しばらくはここも悪くはない。こうして変わらずに、おまえさんとは話ができるし、いや、むしろ、生きて話をしていた頃よりも、ずっとくっきりと、おまえさんの声が聞こえてくるんじゃよ」

それを聞くと、おじいさんは安心しました。そして、何があっても、まっすぐなきれいな心で生きていこうと決心しました。

さて、それから二十年の歳月がたちました。おじいさんはますますおじいさんになっていましたが、心はまるで少年のように鮮やかでした。

ある日、またピンポーンと音がして、出てみると、一人の男が立っていました。

男は言いました。

「すみませんが、食べ物を分けてもらえませんか……」

見ると、たいそう痩《や》せていて、頭はまるでどくろのようにひび割れて、かさかさでした。おじいさんは、かわいそうに思って、今ちょうどできたばかりのスープを飲ませてやりました。そうして、家中の食べ物を持たせられるだけいっぱい袋に詰めてやりました。

男は喜んでスープを平らげると、お礼を言ってから、持っていた鉄の棒でおじいさんを力いっぱいに殴《なぐ》りつけ、立ち去りました。おじいさんはその場に倒れ、二度と起きあがることができませんでした。

おじいさんは、もう一人のおじいさんに言いました。

「あの子が来たんだよ。たいそう干からびていたんだよ。腹がへっていたんだろう……。スープはもっとあったんだ。それにパンもな。もっと持たせたってよかったんだ……」

「ああ、ああ。そうとも、そうとも……。わしらには、あげられないものなんてないんだからな。食べたいだけ食べさせてあげたかっただけなんだ。なぜ、わしらのこの心の声が、あの子には伝わらなかったんだろうねえ？」

「うん。きっと、あの子は腹がへりすぎていたんだろう。ずっとずっと何年も、何十年も、いや、もっとずっと昔から、あの子は腹がペコペコだったのさ。かわいそうになあ……」

その時、ピーポーピーポーと警察の車の音がして、おじいさんの家の前に停まりました。警察の人は、倒れているおじいさんの身体《からだ》にそっと触《ふ》れて、

「穏やかに死んだんだな」

と言いました。そして、手錠をされた男と一緒に車に乗って行きました。男のひび割れた頭には、茶色いコートが掛《か》かっていました。

さて、おじいさんの家の裏山にあるコーヒーの木は、遠い遠い昔の日に、おばあさんが植えたものでした。おじいさんはそこに、もう一人のおじいさ

んと一緒にいます。

　ある日、おじいさんは、もう一人のおじいさんに言いました。

「なあ、今日は行ってみようじゃないか」

「ああ、あの子のところにな。あの子は今日、吊《つ》るされるんだからなあ」

「あの子には、わかるだろうか？」

「わしらを見たら、また殺すかもしれんなあ。それでも、行くか？」

「ああ、行くさ。わしらのこの心の思いだけは、どうしても伝えなくてはならんでのう……」

　こうして、おじいさんとおじいさんは処刑場へと向かいました。自分たちを殺したあの男、あの若者に、

「一緒にまた食事をしよう」

　その言葉を、どうしても言いたかったのです。

　裏山のコーヒーの木は、葉っぱをそよそよと揺らしました。艶《つや》のいい緑の

葉っぱのコーヒーの木は、思いました。いつか赤い実がなるだろう、そして甘い香りを放つだろう……。そんな日がきっと来る、そう信じて、まっすぐに立っていたのでした。

お魚と殿さま

むかしむかし、あるところに、お魚《さかな》の好きな殿さまがいました。鯛《たい》や平目《ひらめ》、鯖《さば》、秋刀魚《さんま》……。どんなお魚も大好きで、毎日必ず一度はお魚の料理を食べないと気がすみませんでした。家来たちもお魚好きで、お城にはいつも、活《い》きのいい魚がピチピチしていました。

ところがあるとき、魚が全くとれなくなってしまいました。どの海岸も、昆布や若布《わかめ》ばっかりで、魚は一匹も見あたりません。漁師たちも困りました。これでは暮らしが成り立っていきませんし、なによりも、殿さまがどれだけ悲しまれるかと思うと、たまらない気持ちになるのでした。

お城では大騒ぎです。家来たちは、ありとあらゆる食べ物で殿さまを慰めようとしましたが、殿さまは、お魚がないと気が沈み、政治にも関心をなくし、

身体も日に日に衰えていきました。そうして毎日ぼんやりと外を眺めては、

「ああ、お魚が食べたい」

と、大きなため息をつくのでした。

これはなんとかしなくてはなりません。さっそく家来たちは、会議を開いて相談しました。

「漁師たちに、もっと遠くへ漁に行ってもらってはどうかのう？」

「うん、それはよい考えじゃ。そうすれば、もっといろんな種類の魚がとれるようになるかもしれぬ」

「だが、あまり遠くへは行かれまい。この海のむこうには、我らと同じような人間がいて、やはり魚をとって暮らしておるというからのう。うかつに近づいていっては危険な目にあうやもしれぬ」

「なるほど、そうだな……。では、殿にはしばらく魚なしの生活をしてもらわねばならんなあ……」

「いや、それはだめじゃ。殿はもう限界じゃ。昨日なんぞは、池のメダカをすくって口に入れておられたというぞ」

「いやはや、どうしたものか……」

そこへ、商人風の男がやってきました。男は、殿さまの家来たちに言いました。

「なにかお困りのごようすですが、あっしにできることなら、なんなりとおっしゃってくだせえまし」

そこで家来たちがわけを話すと、男はしばらく考え込んでいましたが、ポンと膝をたたき、柳行李《やなぎごうり》の中から小さな袋を一つ取り出しました。

「こいつあ、どんな魚もたちまち食らいついてくるっていう、とても不思議な餌《えさ》なんでさあ。じつは先月、ピレニアの国でも同じことがありましてね。こいつを煉《ね》って団子《だんご》にして、水ん中にばらまいたら、一気に魚がかかるようになったっていうじゃありませんか。ひとつ試してみませんか。お代は結構

ですよ。あっしも、お殿さまの役に立てるんなら、こんな嬉しいこたあござ
いませんからね」
そこで家来たちは、その不思議な餌をためしてみることにしたのです。漁
師たちはその餌を、海岸から、船から、いろんなところにまきました。そう
して、釣り糸をたれ、網をはり、魚がかかるのを今か今かと待っていました。
しかし、魚はいっこうにかかりません。海に生き物の気配はなく、漁師た
ちの嘆きの声が響くばかりです。
お城では、殿さまがますますしおれて、もう息をするのもやっとでした。
家来たちも嘆き悲しむばかりです。
そこへ、僧侶風の男が一人やってきました。その男は言いました。
「なにを嘆いておられるのですか？」
「ああ、魚がとれないのです。それで、わが殿が日に日に衰えていくのです。
どうにかしなければ、この国は滅びてしまうでしょう」

　すると、その男は言いました。

「よい考えがあります。そういうときは祈るのです。皆の心を一つにして、心の願いをていねいに言いあらわしていくのです」

　そこで、家来たちは海岸へ行きました。そして大勢の漁師たちといっしょに、

「どうか魚がとれますように」

と、一心に祈りました。何日も何日も祈りました。しかし、やはり魚はとれません。だんだんと人々は疲れ果てていきました。

　そんなある日のことでした。海岸を、一人の娘が歩いてきました。その娘はひどくやつれていましたが、瞳《ひとみ》だけはたいそう澄んでおりました。そして、か細い声で、

「私に水を飲ませてくださいまし」

と、言いました。人々が水を飲ませると、娘は急に元気になり、澄んだ声で言いました。

「私を海の中に投げ込んでください。そうすれば、きっと魚がとれるでしょう」

人々はたいへん驚きましたが、言われたとおりにしました。生きたまま人を海に投げ込むなんて、とても残酷なことだと思いましたが、この国と殿さまを救うためには、他にどんな手立てもなかったのです。

こうして娘は海に投げ込まれ、波の中に消えました。海の中では、魚たちがそれを見ていました。そして急いでやってきて、その娘に言いました。

「どうして、あなたはこんなところにいるのですか。あなたは陸の上にいるべきなのに……」

「私、あなたたちと話がしたかったのです」

「えっ、めずらしいですね。今まで、そんなことを言う人は一人もいませんでしたよ。みんな、ぼくらをとって食べるばっかりで、ぼくら自身のことになんか、なんの関心も持ちませんでしたよ」

「あなたたち自身のこと？」

「そうです。ぼくたち自身のことです。ぼくたちの暮らしだとか、ぼくたちの考えていることだとか」

「ああ、あなたたちにはあなたたちの暮らしがあったのね」

「そうですよ。家族がいて、ルールがあって、あなたたちのようではないけれど、ぼくたちにはぼくたちの考えってものもあるんです」

「じゃあ、あのように魚がとれなくなったのも、あなたたちの、その考えによって、ということなの？」

「そうです。ぼくたちは人にとられるのを、しばらくやめようと思ったんです。ぼくたちだけで生きてみようと思いましてね」

「まあ、それはまた、どうしてですか？　陸では殿さまがたいそう困っておられるのですよ。殿さまは、お魚なしではこの先長くは生きられないでしょう」

「ええ。そのことは、とても気の毒に思っています。でも、ぼくたちには、ぼくたちの使命があるんです。気がつきませんか。海の水は、だんだんと変化してきています。このままだと、海の生き物たちは、もっともっとたいへんな目にあうんですよ。だから、なんとかしないとだめなんです。だから、ぼくたちは、いつまでも人に食べられていることをやめたんです。もっと自立した、魚らしい暮らしを見つけたいと思ったんです」

「そう……、そうだったの……。でも、人々は必死にあなたたちをつかまえようとしていたわ。特別な餌をまいたりして……」

「ああ、あれはそういうことだったのですね。どおりでおかしな味がしたわけだ。あなたたちは、おいしければなんでもいいと思っているようですが、人工的な食べ物は、一時的に腹を満たすだけで、結局は心身を損《そこ》なうことが多いんですよ。だから、ぼくたちはできるだけ食べないようにしています」

「ああ、なんということでしょう。あなたたちはとても賢い生き物だったのね。なのに、人々は勝手に言葉が通じないものと思い込んでいたのね。でも、人々は心をこめて祈りましたね。あの声は、あなたたちに届いていましたか？」

「ええ、とってもよく聞こえていました。あれはとっても大きな声でしたね。それに、とっても一方的な……。でも、もしあのとき、あなたのように、すこしでもぼくたちの声に耳を傾ける人がいてくれたら、ぼくたちだって、すこしは態度を変えることができたかもしれない」

「もう二度と、あの人たちはお魚を食べることはないのでしょうか？」

「さあ、それは、わかりません。ぼくたちだって、あの人たちの喜ぶ顔が嫌いなわけではないのですから……」

　そう言うと、魚は行ってしまいました。

　気がつくと、娘は魚の姿になって、殿さまのお城におりました。殿さまは、

「ああ、お魚が食べたい」

と、ひと言おっしゃいました。
お城の調理場では、なんと見事なお魚でしょうと、感嘆の声が上がっていました。そしてそのお魚は、立派なお膳に載せられて、しずしずと殿さまの前へ運ばれました。それを見て、殿さまは満面の笑みになりました。ひと口かじると、殿さまの目から、ぽろりと涙がこぼれ落ちました。そうして殿さまは、そのあと二度とお魚を口にされることはなかったそうです。

それから、その国で再び魚がとれるようになったのかどうかはわかりません。ただ、殿さまは長生きをされたということです。そうして海は、その色をどんどん変えながら、多くの命を生み出していきました。

うさぎさんこわい

むかしむかし、うさぎさんがいました。名前はモンちゃんです。モンちゃんは、うさぎですが走れません。なぜかというとモンちゃんは、小さな籠《かご》のような金属製のケージの中にいたからです。そのケージの中に一日中ずっといて、外に出ることはありません。そこには、飲み水と、ウンチ用の箱とキャベツがひと山入っていました。

モンちゃんは、家で飼われているうさぎです。時々、家の人がやって来て、水をかえたり掃除をしたりしてくれます。時々、抱っこして、「かわいいね」と言ってくれることもあります。でも、モンちゃんは思います。

「今日はおでかけしてみたいな」

ある時、モンちゃんは、サチコさんがだれかと電話で話しているのを聞きました。

「……一週間ほど息子のところへ行くことになりまして、……それで、モンちゃんを預かっていただけないでしょうか？」

「……ああ、ペットのホテルではだめなんですよ。いろんな動物の鳴き声に囲まれるとストレスで……、この子は病気になってしまうんです」

「まあ、ありがとうございます。それでは、出発の朝にモンちゃんを連れてまいります」

そういうわけで、モンちゃんは、ミルルちゃんのおうちにやって来ることになったのです。

その日、ミルルちゃんは朝からそわそわと落ち着きませんでした。ミルルちゃんは動物が大好きでしたが、狭いアパート暮らしではとても飼えませんでした。ミルルちゃんのお母さんは言いました。

「もっと広い所に引っ越したらね、犬を飼おう。猫も飼おう。チューリップをいっぱい植えて、馬さんも飼おうね」

「わあい。そうしたらミルル、お馬に乗って学校に行くよ！」

「まあ、それはすてきね」

そんな夢が、ほんとうに叶《かな》うといいのにな。お母さんは、ほんわかした気持ちになりました。そしてミルルちゃんも、ミルルちゃんの三人のお姉ちゃんたちもお父さんも、もうすぐこの家に、ほんものの動物がやって来るのを、とても楽しみにしていたのです。

一方、モンちゃんは、サチコさんちでドキドキしながら待っていました。このケージ全体が動き出すのか、あるいは自分だけが連れ出されていくのかはわかりませんが、とにかく今日は、生まれて初めてよそんちへ行くのです。見たこともない、よそのおうち、それは、モンちゃんが初めて見る、お外の世界だったのです。

モンちゃんは、待ちきれなくて鼻をヒクヒクさせました。するとサチコさんがやって来て、モンちゃんを別のケージへ移動させました。それは、モンちゃんがやっと入れるほどの大きさでした。モンちゃんはその中で、しばらくの間じっと目を閉じたまま、サチコさんの車でガタガタと揺られて行きました。

するとと、急にパッと明るくなって、にぎやかな子どもたちの声がしました。

それからモンちゃんは、またもとのように、自分のケージの中に入れられました。モンちゃんは、その家のリビングルームにケージごと住み込むことになったのです。

「わあ！　かわいい！」

「大きいね！」

「男の子だって」

「ルルもさわるぅ！」

サチコさんがうれしそうに言いました。

「この家は女の子ばっかりだから、きっとモンちゃんモテモテね。じゃ、これで私は、安心して行ってきます」

サチコさんを見送ったあと、みんなはさっそく、この新しいお客さまをとり囲みました。子どもたちが、かわるがわる近づいては、なでなでします。時には抱っこもしてみたいのですが、それがなかなかたいへんでした。モンちゃんは、どうも太りすぎているようで、大きくて、重たくて、子どもたちの細い腕ではなかなか持ち上がりませんでした。お父さんがやって来て、よいしょと抱えてくれました。お母さんは、ただ笑って見ています。

次の日、晩ご飯を食べながら、お母さんが言いました。

「モンちゃんは、水を飲むのが最大の労働ね」

ミルルちゃんも言いました。

「モンちゃん、運動不足だから肥満になるの？」

「そうねえ。もうすこし……のびのびとさせてあげたいわねえ……」

お母さんがそう言うと、みんなもうんうんとうなずきました。さあ、明日は、ちょっとしたエクササイズの日になりそうです。モンちゃんは、野生の本能にすこしは目覚めることができるのでしょうか。サチコさんは、お外には絶対に出さないでね、と言っていました。危険が多すぎるから、というのです。でも、おうちの中なら大丈夫でしょう。

翌朝、モンちゃんは、お父さんにそっと抱きかかえられて、リビングルームのピカピカの床の上に降ろされました。子どもたちは、モンちゃんを、ワクワクした目で見つめています。

ところが、モンちゃんはじっとしたまま動きません。

「モンちゃん、がんばれ……！」

子どもたちはけんめいにエールを送ったり、手を打ち鳴らしたりしてみましたが、モンちゃんの足は、まるで亀さんの手足のように、ゆっくりと床の上をなでまわすばかりでいっこうに前には進みません。

「床がツルツルすべるからいけないんじゃないの？」

だれかが言うと、ミルルちゃんが、急いで自分の毛布を持ってきました。モンちゃんは、こんどはその上に載せられましたが、よけいに動きにくくなったようで、しばらくすると、その場にまるくちぢこまってしまいました。

それを見て、子どもたちはがっくりと肩を落としました。うさぎさんていうのは昔から、リレーの選手には必ず選ばれてきた動物です。それなのに、それなのに……、こんなに動けないなんて……。子どもたちはあきらめて、モンちゃんを、またもとのケージに戻しました。きっと、無理をさせないほうがいいのです。無理をして、どこか痛めてしまったら、モンちゃんかわいそうだから……。

再びケージの中に戻されたモンちゃんは、ホッとして水を飲みました。カツカツ……と音がするのは、ストローのようなものをくわえているからです。それはうさぎさん専用の給水ボトルで、うさぎさんがいつでも好きなだけ水を飲めるようなしくみになっていました。

こうして、また何日かたちました。子どもたちは、モンちゃんの重さにもすっかり慣れて、もうお父さんがいなくても上手に抱っこできるようになりました。また、子どもたちは、とっても働き者になりました。毎日せっせと餌をやったり、水をかえたり、一日一度はケージの中をきれいに掃除します。モンちゃんは何にも言わないいし、跳べも走れもしないけど、みんなはモンちゃんのことが大好きでした。ご飯の時や勉強の時、カツカツカツと水を飲んでいる音が聞こえると、あ、モンちゃん、生きてるなあって、感じるのです。

ある日、お母さんは夜中にトイレに起きました。見ると、モンちゃんはいつものように、体《からだ》をまるめてじっとしていました。寝てるのかな？と、顔を近づけると、暗がりの中で、モンちゃんは起きていました。そしてその目は、お母さんをじっと見つめていました。お母さんは、ドキッ！としました。そして急にこわくなり、あわてて目をそらしました。

その日から、お母さんは夜中にトイレに起きる時、モンちゃんを見ずにそそくさと通りすぎるようになりました。お母さんは、モンちゃんがとてもかわいそうに思えたのです。あんな狭い所でひとりぼっち。しかも、ろくに身動きもできないなんて……。でも、自分にはどうしてあげることもできないんだって思ったら、モンちゃんの顔を見るのが辛《つら》くなってしまったのです。

モンちゃんはとても淋しくなりました。なぜならモンちゃんは、お母さんの笑顔が大好きだったからです。

それで、モンちゃんは、やってみました。自分でも笑顔をしてみようと思ったのです。モンちゃんはまず、歯をニイッと出してみました。歯といっても大きな前歯だけが目立っているわけですが、その二本の前歯をできるだけ前に出して、お口も横に広げてみました。

ある時、お母さんが言いました。

「あたし……なぜかしら、最近うさぎさんがこわいのよ」

ミルルちゃんは聞きました。

「どうして？　どうしてママ、うさぎさんこわいの？」
「うん。どうしてだか、わからないんだけど、急にね」
「それって、モンちゃんのせいなの？」
「うん。わからない。たぶん、そうかも。ママね、モンちゃんがママに怒っているような気がするのよ」

それを聞いてモンちゃんは、がっかりしました。自分が精いっぱいつくった笑顔が、お母さんをこわがらせているんだと思うと、とても悲しい気持ちになったのです。

それから何日かして、モンちゃんがサチコさんちに帰る日になりました。その日、モンちゃんはどことなく、朝から淋しい空気を感じていました。子どもたちもモンちゃんも、お別れするのがとても辛かったのです。

夕方になって、家の前でサチコさんの車が停まると、モンちゃんは、ぐっと涙をこらえました。そうして、とびきりの、あの笑顔をしてみたのです。

子どもたちはひとりひとり、モンちゃんをしっかりと抱きしめてくれました。

「モンちゃん、お顔がすてきになったね」

「うん。笑っているみたいだね」

お母さんは黙ったまま、モンちゃんの背中をそっとなでました。

ミルルちゃんは言いました。

「モンちゃん、大きくなったら、また来てね」


それから数か月たって、お母さんが近所の博物館に行くと、そこでばったりとサチコさんに会いました。お母さんはたずねました。

「モンちゃんは、元気かしら？」

「ああ、モンちゃんね、あのあとしばらくしてから亡くなったのよ」

「えっ！ ……」

お母さんはびっくりしました。でも、サチコさんは笑みを浮かべて言いました。

「大往生《だいおうじょう》よ。もうおじいちゃんだったのよ。穏やかに、眠るようにして亡くなったわ。あの時はほんとうにありがとう。かわいい女の子たちにお世話してもらって、モンちゃんきっと幸せだったわ。娘さんたちによろしくね」

サチコさんが去ったあと、お母さんは、しばらく博物館のソファの上にポツンと座ったままでした。お母さんは言いました。

「モンちゃん、ごめんね……」

でも、モンちゃんは、きっと怒ってなんかいないでしょう。うさぎさんこわいって言ったお母さんのこと、きっとゆるしてくれるでしょう。そして、あれが自分のとびきりの笑顔だったんだよって、きっとどこかでお母さんが気づいてくれる日を、とても楽しみにしているでしょう。

ミルルちゃんのおうちにまた動物が来ますように……。

手のひらに星をのせて

蟻のアーちゃんの手は痛んでいました。表面が薄く剥《は》げかけていました。なぜそうなったのか、本当のところはだれにもわかりませんでしたが、たぶん生まれつきなのでしょうと、お母さんもお医者さんも言いました。だからアーちゃんは、ほかの蟻さんたちのようにはいそいそと働けませんでした。

アーちゃんと、アーちゃんの一家が住んでいる公園村には、ベンチの下においしいものがたくさん転《ころ》がっていましたので、アーちゃんの家族も、隣に住んでいる蟻さんの一家も、みんな列になってそれを家に運び込むのがお仕事でした。それで、アーちゃんもときどき運びに行くのですが、手が痛いのでほとんど運ぶことができなくて、途中でおいしいものがバラバラと道にこぼれてしまうのです。それを見て、近所の子たちは言いました。

「アーちゃんの手って、弱いね」

「うん。あれじゃ、大人になってもたいへんだね」

「きっと、どこも雇《やと》ってくれないよ」

「ああ。ぼくたち蟻さんてぇのは、甘いものを、すこしでも多く、すこしでも早く運べなくちゃいけないんだからね」

　アーちゃんは思いました。

〈あたし、足は速いんだけどな……〉

　ある日、公園にベビーカーの赤ちゃんがやってきて、ベンチの下にはメロンパンのかけらがいっぱい落ちました。すると、とつぜん召集ラッパが鳴り響き、蟻さんたちがいっせいに集まってきました。そして、イチ、ニッ、イチ、ニッ……元気のいい行進が始まりました。アーちゃんも、隣のケンちゃんも、その行進に加わりました。

　アーちゃんのお父さんがうれしそうに言いました。

「アーちゃん、今日はひさしぶりのごちそうだよ。とびっきりのスイーツになるよ」

アーちゃんのお母さんは、アーちゃんの手が心配で、白い手袋を手わたしながら言いました。

「アーちゃん、これで甘いものをつかむと手がベタベタしなくていいかもよ」

アーちゃんはにっこりうなずいて、

「うん。あたし、今日は最後まで運ぶよ。がんばって、絶対に運んでみせるよ」

と言いました。

ところが、そう言って、はりきって出かけたにもかかわらず、アーちゃんの手は、まただんだんと痛くなってきたのです。

〈手が痛いよう……〉

アーちゃんは涙が出そうになりました。手袋をしていても、疲れてきて、全身が汗まみれになってくると、メロンパンのお砂糖の粒々がじんわり溶《と》けて、アーちゃんの手に沁《し》みてくるのです。アーちゃんは、もう耐えられなくなりました。

「ああ、痛いよう、痛いよう……」

アーちゃんは、とうとう泣き出してしまいました。

「あっ、アーちゃん、大丈夫？」

隣のケンちゃんが気づいて声をかけましたが、列を乱すわけにはいきません。ケンちゃんは大きなメロンパンのかけらを頭にのせて、あっというまに見えなくなっていきました。そして蟻さんたちの行列は、アーちゃんをそこに置いたまま、どんどん遠くなっていきました。

お父さんもお母さんも、アーちゃんを心配しましたが、どうすることもできません。いったん仕事にとりかかった蟻さんたちは、容易にやめるわけにはいかないのです。蟻さんには蟻さんの社会の掟《おきて》というものがあるのです。

アーちゃんは、あまりの手の痛さにうずくまってしまいました。

　夕方になりましたが、蟻さんたちのお仕事は残業になったらしく、だれもアーちゃんを迎えにきてくれません。アーちゃんは、お腹もすいてきました。手の痛みと空腹で、いつもは決して挫《くじ》けることのなかったアーちゃんの心はすっかり弱ってしまったのです。

　アーちゃんは思いました。

〈ああ、あたしは今まで、手が弱くてもいっしょうけんめいにがんばれば、あたしでもなにかができるんだって思ってた。ああ、あの子は、手が痛いのによくがんばってるねって、みんなにほめてもらいたかったし、精いっぱい、世の中の役に立つ蟻さんになって、みんなに喜ばれたいと思ってた。でも、こんなに手が痛いんじゃ、お砂糖ひと粒だって運べない。地面に触《ふ》れることすら苦しいよ。……ああ、あたし、もうだめなんだ。どうしてこんな弱い手なんかに生まれてきたんだろう……〉

　アーちゃんは手袋を外《はず》しました。涙がポトポトとアーちゃんの手のひらの上に落ちてきます。

　そのとき、上空から、奇妙な物音が聞えてきました。ブーンと唸《うな》るような
その音は、いくつもいくつも重なり合って、アーちゃんのほうに近づきまし
た。アーちゃんは怖くなり、思わず目をつぶりました。

〈あっ、空襲だ！　あたし、ここで死ぬんだわ〉

　すると、その音はだんだんと小さくなって、そこに野太《のぶと》い声が響きました。

「お！　蟻んこ！　どうしたんだあ？」

　目を上げると、それは一匹の蜂でした。ブンブンと羽をふるわせて、蜂は
アーちゃんの真上で止まっています。アーちゃんは答えました。

「あたし、手が痛いの」

　蜂は言いました。

「ああ、それで、食べ物が運べなくなったのか？」

「うん。母さんが手袋かしてくれたのに、ベトベトになっちゃった……」

「手が悪いのか？」

「うん。生まれたときから」

「ふうん。おれは、生まれたときから飛ぶのが遅くてね。みんなといっしょに飛んでると、いつもこうして一番あとになっちまうんだ。みんなはおれのことを、ノロオって呼んでるよ」

「えっ、ノロ？」

「うん。とろい奴っていう意味だよ」

アーちゃんは、ちょっとおかしくて、思わずプッと吹き出しました。

蜂は言いました。

「おまえ、どこまで行くんだ？　そのキラキラした白いものを運べばいいのか？　ちょっとおれにかしてみろよ」

蜂は、ブーンとからだをすばやく回転させながら、アーちゃんのそばに降りてきました。そうして、ベトベトになってしっとりしたお砂糖の粒々とパ

ンのかけらをそっとつかむと、スーッと持ち上げて、ゆっくりと飛んでいきました。あっ！　とアーちゃんがあわてていると、

「な、簡単だろ。おれさ、力は強いんだ。おれが運ぶからさ。おまえはただ歩いていろ……」

蜂は口笛を吹いています。

アーちゃんはびっくりしました。毛むくじゃらの脚《あし》、シマシマのお腹《なか》、こんなに逞《たくま》しいからだをした生き物を、今まで一度もそばで見たことがなかったのです。それにこの蜂さんは、自分がおそらく一生かかってもできないようなことを楽々とやっているのです。

アーちゃんは言いました。

「蜂さんがいっしょだと楽しいよ。それに、手もあまり痛くない」

「うん。おれには、これくらいの速さがベストだな。あいつらは速すぎてさ」

「あたし、これでも足は速いほうなんだよ」

「へーえ。じゃ、おれたちは、ちょうどいいっていうわけだね」

アーちゃんと蜂は、アハハ……といっしょに笑いました。すると、そこにパラパラと、雨の粒が落ちてきました。アーちゃんは、ああ、どうしよう、お砂糖が溶けてしまう、と泣きそうな顔になりました。でも蜂は、そんなことは気にせず、あいかわらず気持ちよさそうに飛んでいます。

「気にするなよ。この雨の音、おれには拍手の音にしか聞こえないぜ」

しばらく行くと、むこうにアーちゃんのおうちが見えてきました。おうちの中からは、砂糖菓子の焼けるいい匂いがしてきます。でもアーちゃんは、今日はおうちに帰りたくないな、と思いました。このままずっと、ずっと、ずっと、歩いていたいな、と思いました。

気がつくと、雨はいつのまにか、やんでいました。アーちゃんは、天を見上げてにっこりしました。そして、

「蜂さん、見て！　星がきれいだよ！」

と言いました。そのときアーちゃんは、両手を高く上げていました。その手のすきまから、たくさんの星たちがキラキラと瞬《またた》いて見えました。アーちゃんは思いました。

〈あっ、あたし、星さんを運んでる！〉

それは、本当にたくさんの星でした。かすかに痛むアーちゃんの手のひらにのせられて、星はどこまでも、どこまでも運ばれて行きました。

ブーンと、かすかな羽の音……。

とても静かな、とてもきれいな夜でした。

柿の島

ミツオは一枚の写真を見つめていた。それは、柿の木のある風景だった。たわわに実をつけた柿の木が、何本も何本も、まるでアフリカのジャングルのように広がっていた。そして、その周《まわ》りには海が見えた。それはどこかの島のようだった。こんなにたくさんの柿の木が、こんな小さな島に生えているなんて……。ミツオはいつも、不思議な思いで、その写真を見つめていた。一体、ここはどこなのだろう。一体、誰がこんな写真を撮ったのだろう……。それは、十六歳のミツオには全くわからないことだった。

ミツオには、物心ついた時から両親がいなかった。飛行機事故で死んだという。それで、ユメゾウという祖父がひとりでミツオを育ててくれた。

ユメゾウは、庭に一本の柿の木を持っていた。ミツオが二歳になった時、その柿の木に実がなった。ユメゾウは、柿の実をもいでミツオと食べた。ミツオもユメゾウも柿が大好きで、二人で一緒に柿の実をもいで、柿の木の下で、柿の実を口いっぱいにほおばった。それは、秋の日のミツオの一番の楽しみだった。

このユメゾウが癌で亡くなったのは、ミツオが小学五年生の時だった。ミツオは、伯父さんの家に引き取られた。子どものいない伯父さん夫婦は、ミツオをとても大切にした。

そんなある日のことだった。ミツオはポケットの中に何かを見つけた。それが、あの不思議な一枚の写真だった。柿好きのユメゾウが、こっそりミツオのポケットにしのばせておいたのだろうか？　でも、なぜ？　そしてこの場所はどこなのか？　その写真を、伯父さんに見せたが、こんな場所は知らないと言う。伯母さんも、知らないと言った。

ミツオは、写真を自分の机の引き出しにしまい込んだ。そして時々、甘いような懐かしいような気持ちになりたくて、それを取り出しては眺めていた。

高校に入学した日、ミツオはすぐにヤスオと友だちになった。ヤスオは、二軒先の長屋に引っ越してきた、色の浅黒い快活な青年だった。ミツオはいつも、ヤスオと一緒に高校に通った。

学校へ行く途中に、小さな八百屋が一軒あった。〇〇商店と書いた淡い緑色の屋根の上に、ちょこんとテレビのアンテナが立っていた。その軒先には、春は苺《いちご》やレタスが並び、秋になると蜜柑《みかん》や林檎《りんご》、そしてミツオの大好きな柿が並んだ。ミツオは時々、その店の前に立ち止まった。そして、柿の入った籠《かご》をじっと見つめるのだった。

ある時、ミツオの伯母さんがミツオに言った。

「ミツオちゃん、学校の帰りに柿を買ってきてちょうだい。ミツオちゃん、好きでしょ。はい、お金」

ミツオは嬉しかった。そして、ヤスオと一緒にその店に立ち寄った。

「いらっしゃい！」

八百屋のおじさんは、明るい声でミツオたちの方へやって来た。

「柿をください」

ミツオの声は、恥ずかしさと喜びで、少しかすれた。

「まいど。甘いよ」

おじさんは、慣れた手つきで、ひと山の柿をサッと袋に入れてくれた。ミツオの手に、ずっしりと柿の重みが伝わってくる。

「おい、ミツオ、金」

とヤスオに言われて、あわててミツオは財布の中から百円玉を取り出した。

「この近くに住んでるのかい？」

とおじさんが訊《き》いた。

「はい。いつもここを通るんです。柿がおいしそうだなあって……」

とミツオが答える。

「じゃあ、また、いつでも寄ってくれ」

おじさんは、にこっと笑って、帽子のひさしをちょこっと上げた。ミツオも嬉しそうにうなずいて、ヤスオと二人で店を出た。落ちてくる夕陽が、家路を急ぐ青年たちの姿を、ほんのりと赤く照らしていた。

それからミツオは、時々柿を買いに行くようになった。

ある時、それはヤスオがいない時だったが、ミツオは八百屋のおじさんにこう訊《たず》ねた。

「あの……、この柿は、どこから届いたんでしょうか？」

「ん？　これかい。……ああ、これはね、静岡県だね。静岡の次郎柿っていうやつだよ」

「そ、そうですか。静岡県ですか？」

「何か、気になるのかい？」

「いいえ、何でも……。あ、ところであれは、あっちのは、どこの柿ですか？」

「ああ、あれは和歌山県だよ」

ミツオは、やった、と思った。何かつっかえていたものがとれたような気がした。そうか。こうやって、訊けばいいんだと、ミツオはホッと安心した。しかし……一体、自分は何が知りたかったのか。柿の産地になんて、たいして興味はなかったのだ。ただ、あの柿の木のある島がどこなのか知りたかっただけなのだ。八百屋のおじさんは知っているだろうか。あの写真を見せたら何て言うだろう。ミツオは八百屋の前を通りながら、いつのまにかおじさんの様子を窺《うかが》うようになっていた。そして、とうとうある日、こんなふうに訊ねてみた。

「あのう、おじさん。へんなこと訊いていいですか。こんな写真があるんですけど、これ、どこなのか、わかりませんか?」

八百屋のおじさんは、しばらく考え込むように見ていたが、首をかしげてひと言だけ、

「さあ、わからないねえ」

と言った。

ミツオは、ああ、やっぱりなあと、がっかりした。あんなにたくさんの柿がなっている島なんて、ほんとうにあるのかなあと思ったりした。

それから、いく日かが過ぎた。写真はあいかわらず引き出しの中に入れたままだったが、それでも、あの八百屋の前を通りかかるたびに、ミツオはどうも気になってしかたがなかった。

ある日、学校からの帰り道、ミツオはふと足を止めた。

「どうしたんだい？」

とヤスオが訊いた。

「ねえ、ヤスオ、きみは、柿の木のある島に行ったことがあるかい？」

「はあ？　柿の木のある島？　いや、島だろうとどこだろうと、ぼくはまだほんものの柿の木ってものを見たことがないんだよ」

「ぼくはあるよ。小さい時に、おじいちゃんが育ててたんだ。こんなにおっきな柿がさあ、こんなにいっぱいなってってさあ」

ミツオは両手を大きく広げてみせた。

「へーえ。じゃ、その木から直接もいで食べてたの？」

「うん。うまいんだよなあ」

ミツオとヤスオは、ゆっくりと歩いていた。落ち葉が風にひらひらと舞って、二人の肩に触れながら落ちた。ミツオは急に立ち止まり、こう言った。

「ねえ、ヤスオ、ちょっとこれを見ておくれよ」

それは、あの写真だった。ヤスオはそれを見ると、目をパチクリとさせてこう言った。

「うわあ！　これって、ぜんぶ柿の木なの？」

「うん、そうなんだ。すっごいだろ？」

「これって、きみが昔、住んでた所？」

「ちがうよ。これは、全く知らないとこなんだ。行ったこともないし、どこにあるのかもわからない。誰に訊いても、知らないっていうんだ」

「ふうん……。とっても不思議な場所だよなあ……。こんなに柿がいっぱいでさあ……、それに、こんなにきれいな海の色、見たことないよ。うーん、ミツオ、これは……」

「これは？」

　ミツオは、思わずヤスオの顔をのぞき込んだ。

　ヤスオは内心とまどった。ここで、何か言わなければと力《りき》んでみたが、言葉が何も浮かばなかった。しかし、気のきいた言葉で会話を続行したかったヤスオは思わず、

「ミ、ミツオ。これは、未来からの写真だよ」

と言ってしまった。

　今度はミツオの目がまんまるくなった。と、次の瞬間、ミツオは不思議な

声を聞いたのだった。

「植えなさい……ミツオ……」

その声は、誰の声なのか、そしてどこから聞こえたのか、ミツオには全くわからなかった。ただ、細く低い、小さいけれども透き通るような声だった。

ミツオは思わず叫んで言った。

「えっ！　何を？」

ヤスオが言った。

「何をって、何が？」

「ヤスオ、今の声、聞こえたかい？」

「声って？」

「植えなきゃならないんだ。ぼく、今、何かを植えろって、言われたんだよ」

ヤスオもミツオも、そこに、ぼーっと突っ立ったままだった。そして、お互いをじっと見つめたまま動かなくなっていた。

「おい、ミツオ、大丈夫か？」

ヤスオは、心配そうにミツオの顔をのぞき込んだ。ミツオは、

「ヤスオ、悪いけど、先に帰っててくれよ」

と言い残して、突然走り出したのである。まるで、忘れ物を思い出して家に取りに帰る児童のようにあわてふためき、ヤスオをそこに残したまま、ミツオはあの八百屋に向かって走り始めた。夕方の風が手だけに冷たい。ミツオは思った。ああ、柿の実にさわりたい――。

ミツオは、息を切らして、あの八百屋に飛び込むなり、こう叫んだ。

「柿をください！」

返事はなかった。ミツオは、店先の籠に盛ってある柿をじっと見つめた。切ないような甘いような香りが、ぐっと胸のうちに込み上げてくる……。ああ、ぼくは……こんなにも柿が好きだったんだ！　こんなにも、狂おしいほどに、たまらなく好きだったのに……どうして今まで気がつかなかったんだ

ろう。ああ、ぼくは……柿のためなら決闘だってするだろう。ぼくは、一体どうしたらいいんだろう。ミツオは、泣き出したいような気持ちになった。

店の奥をのぞいてみると、しんと静まり返っていた。座敷には大きな掘り炬燵《ごたつ》があり、その向こうの白い壁には、黒っぽいボンボン時計が掛かっていた。その振り子が、規則正しく揺れていた。誰もいないんだな、とミツオは思った。

帰ろうとすると、誰かのうたう声が聞こえてきた。それは、幼い女の子の声のようだった。

めーをだせ　かきのたね
はーながさいて　みになって
からすが　とんできて
こざるもいっしょに　たーべるよ

ミツオは、耳をすまして聴いていた。その声は、どうやら店の裏手のほうですするらしい。ミツオの心は、おそれつつも、甘いような懐かしさでいっぱいになっていいた。ミツオは、夢中で店の裏側に回った。そうしてゆっくりと、その声のほうへ近づいて行った。木戸があった。そして、その向こうには人がいた。声の主は、やはり小さな女の子だった。地面にしゃがんで、何かを書いているようだった。そしてくりかえし、その歌をうたっていた。

ミツオは、声をかけたい衝動にかられた。何を書いているのだろう。地面には、もしかしたら柿の種を植えているのかもしれないぞ。ミツオの足が思わず動いた。木戸がふるえた。女の子は、ミツオのほうを見てにっこりした。そしてそばへ駆け寄ってきて、木戸越しに、小さな握りこぶしをひとつ差し出した。びっくりしたミツオが、右の手を開いて出すと、そこに、そっとのせられたのは、小さな柿の種だった。茶色い、艶《つや》のある、ひと粒の種だった。

「えっ！　いいのかい？」

女の子は大きくうなずくと、またもとの所に走って行って、しゃがんで歌をうたい始めた。

芽を出せ　柿の種
花が咲いて　実になって
鳥が　飛んできて
子猿も一緒に　食べるよ

ミツオは、そっとその場所を立ち去った。その歌は、いつまでもミツオの心に響いていた。そうか——この種を植えればいいのか——と、ミツオは帰り道、さっきもらった小さな種をポケットから取り出した。そして、きゅっと握りしめた。でも……とミツオは立ち止まった。でも……とミツオは思った。これは、ただの種じゃないか。ちっぽけな、ひと粒の柿の種、こんなものを植えたって一体何になるというのだろう……。

家に帰り着くと、ミツオはまたあの写真を取り出したくなった。そして夢中で引き出しを開けてみた。するとその瞬間、ミツオは海岸にいた。静かな波の音がして、空が手でさわれるくらいに近かった。どこからか甘い香りが運ばれてきた。柿だ！　とミツオは思った。ああ、ここは、あの島なんだ！でも、柿は？　柿の木は？　見渡したが、柿の木はただの一本も生えていなかった。

気がつくと、目の前に、あの懐かしいユメゾウが立っていた。

「あっ、おじいちゃん！」

ミツオが叫ぶと、ユメゾウは消え、ミツオはただひとりそこに残された。花も草もない、荒れ野のような、岩ばかりのその島に、ミツオはひとり立っていた。海がエメラルド色に輝いて、ミツオにやさしい光を投げかけていた。

ああ、あの写真は、やはり未来からの写真だったのだ。ミツオはその時、はっきりとそう思ったのだった。

タニシの日記

ある日、僕は部屋の隅で奇妙な一冊のノートを見つけた。それは、一見何の変哲もない普通の茶色いノートだった。だが、僕が拾い上げた瞬間に、それは薄い緑色へと変わっていった。僕は一瞬息を飲み、思わずそれを床に落としそうになった。これは一体何だろう！　柔らかくて、軽やかなノートだった。思い切って開けてみた。すると、最初のページにはこう書かれてあった。

――タニシの日記――と。

タニシ？　タニシって何なんだ！　僕はぼんやりと思い出した。

あれは……僕がまだ小学生だった頃、おとうさんとよく近所に釣りに行っていた時のこと……。その池にたくさんいたのが、タニシというものだった。

僕はお父さんの隣で、短い釣竿を持って釣りの真似ごとをしたりしていたが、すぐに飽きて、水際を散歩した。硬い土が傾斜している、その上に、ひたひたと水が寄せていた。うっかり足を滑らせようものならば、ドボンと池の中に落っこちてしまいそうだったけど、僕はその緊張感が好きだった。大きな石や木の根っこを上手に踏んで、僕は歩いた。タニシを見つけたのはそんな時だった。そっと水面に顔を近づけると、タニシは薄暗い池の縁《ふち》にびっしりとへばりついていた。僕は時々ポチャンと手を突っこんで、タニシをひょいとつまみあげていた。独特の生臭さに、ツンと爽《さわ》やかな池の香りがした。

あのタニシなのか……。タニシには、ただのタニシというのはないという。ジャンボタニシ、ヒメタニシ、マルタニシなんていうのがあるらしい……。だったら、あの時の僕のタニシたちは一体何タニシだったのだろう……。

ぐるぐる巻きになった殻はホラ貝のように大きくもなく、カタツムリのように歌になるほど可愛らしくもなかったが、あの池のほとりに行けばいつでも会える友だちだった。冴《さ》えない色で、いつでも僕を親しげに迎えてくれた……。あのタニシたちにもう一度、会えるのだろうか……？

僕はページを開いてみた。

＊　＊　＊

六月一日

ぼくは生まれた……らしい。ぼくのような、たぶん、ぼくそっくりなものがいっぱいいる。ぼくよりちょっと小さそうなの。ぼくよりずっと大きそうなの。大きさのことは、ぼくにはわからない。でも、こわい感じがするから大きいんだってわかる。あの子は安心な感じだから、きっとぼくと同じくらいなんだろうって思ったけど……でも、そばへよってみたら、じろっと見て、行ってしまった。ぼくが、このぼくが、こわそうに見えたのだろうか。

六月三日

歩くことが楽しい。水の中は最高だ。友だちもできた。

六月七日

外の世界ってものに関心を持つのはまだ早いって、かあさんが言った。でもぼくは、魚がどこから泳いでくるんだろう？　どうして時々強い流れが来るんだろうって、いろんなことにとっても興味がわいてくる。ぼくはとうさんに似てるって、かあさんは言った。かあさんは、ぼくにずっとそばにいてほしいのだ。

六月十日

もうすぐ田んぼに水が入るっていううわさ——ぼくは胸がわくわくした。

六月十五日

田んぼに水が入ったようだ。ぼくは大きい子たちについて行ってみた――田んぼはいいな――いろんな食べ物がいっぱいだ。

六月十六日

ああ、どうしよう！　まさか！　ぼくがこんなことになるなんて……。ぼくはいきなりキュッと何かにつかまれたんだ。こういうことが、もしかしたらあるかもねって聞いてたけれど、ぼくは、透明なツルツルの何かに入れられたんだ。ああ、頭がまだクラクラしている……。

六月十七日

ここは……一体どこなのだろう？　おかあさん！　おとうさん！　ああぼくは……一人ぼっちでこんなところにいるなんて……。ああだれか、ぼくを探しに来てください。

六月十九日

ぼくは今にも泣きそうだ、でも、泣かないぞ、泣くもんか……。

六月二十日

ぼくはまだ生きている。ほんのわずかの草が揺れている……。時々、何かが落ちてくる。食べてみる。甘い。でも、あんましおいしくないよ。

六月二十二日

久しぶりによく眠った。みると、もう一人のぼくがいた。必死に上へ登ろうとしていた。そして、疲れた目でぼくを見た。ぼくは言った。

「上がれそうかい？」

そいつは悲しそうに首を横にふっただけだった。ぼくは、そいつのいるほうまで登っていった。透明な板の上をいっしょうけんめいに登っていった。その時、ぱっと何かがまた降ってきた。

「あれはうまいのかい？」

そいつが聞いた。ぼくは、

「まあまあね。食べないよりはましってとこかな」

と答えると、そいつはすばやく一つだけ口にした。そしてぼくたちは、いっしょに下へ降りていった。

六月二十四日

そいつとぼくは、一日中話をした。そして、お互いがまったく違うタイプのタニシだってことに気がついた。ぼくはそいつをタニーと呼んだ。タニーは、いつも上のほうばかりを気にしてる。田んぼに帰りたいらしい。ぼくは、もうあきらめかけていたけれど、タニーは逃げ出すことばかりいつも考え続けてる。

「上へ行くしかないんだよ……」

と彼は言う。ぼくは、

「上へ行っても、出られないかもしれないよ」

って言ったんだ。

「だって、上へ行き着くだけでもひと苦労なのに、それで、もし、すべての出口がふさがれていたらどうするの？　骨折り損のくたびれもうけになるくらいなら、最初から骨なんか折らないほうがいいじゃないか」

そう言ってやったんだ。それでも、タニーはどうしても上へ行くって言い張った。そして、美味《うま》くないものだって何だって食べて、体《からだ》を鍛《きた》え始めたんだ。

ぼくは、いっしょに食べてるし、いっしょに体も鍛えてる。でも、いっしょに逃げようなんて、本気で考えてはいないんだ。

六月二十八日
タニーがいない。ぼくは、外ばかり気にしてる。

六月二十九日
タニーは帰らない。きっと、外に出るのに成功したんだ。でも、そのあとは？　ちゃんと田んぼに行き着けたかな？　ぼくは………また一人ぼっちになってしまった。ぼくは……ああ、これからどうしよう……。

＊　＊　＊

日記はそこで終わっていた。何ということだろう……！　これは、タニシについての日記じゃなくて、タニシが書いた日記だったんだ。ふるえる手で、僕はさっとノートをたたんだ。するとそれは、きれいな紫色に変わっていった。僕は、こんな変てこな日記帳に関わったことが恐ろしくなってきた。それで、もとあった場所にそれを戻そうとした。すると、そこに、ぼくは見た！一匹のタニシが這《は》っていた。

ああ、なぜだ？　なぜ、おまえが、こんな所にいるんだ！

僕はそいつをそっとつまみあげた。そして夢中で走り出した。

ああ！　田んぼはどこですか？　池でもいい。沼でもいい。早く、早くしなければ！　タニシは、タニシっていう生き物はですね、——空気中では長く生きられないのですよ！

ああ！

おとうさん！

おかあさん！

気がつくと、ぼくは水の中にいた。たくさんのタニシが這っていた。薄紫や緑色……赤いのもいて……、みんな美しい光を放っていた。僕は七色に輝いて、タニシの一つになっていた。

天国への列車

「イエスさまを信じるならば天国へ行けるそうだよ。どんな悪いことをしたとしても、イエスさまにごめんなさいと言ったなら、だれでもすぐに赦《ゆる》されて天国行きの列車に乗れる。切符なんていらないよ。金持ちも貧乏人も関係ない。ただで乗れる、そんな列車があるんだよ」

私は、小さい頃からそんな話を聞いていました。それで、悪いことを見つけられると、すぐに牧師さんや親たちから、「イエスさまにごめんなさいをしようね」といって別室へ連れて行かれました。私はそこで、いつもイエスさまに心からおわびをして、もう二度とこんな悪いことはしませんと心に誓うのでしたが、しばらくすると、また悪いことをしてしまうのでした。そして、そのようなことは、今でもずっと続いているのかもしれません。人をたたいたり直接罵《ののし》ったりはしませんが、だましたり、陰《かげ》で悪口を言ったりは、していないとはいえません。それでも人は大人になれば、他の人にも自分にも寛容になってしまうのでしょうか。今ではだれも私を別室へ連れて行ったりしませんし、私自身もまた、あの頃のようには簡単におわびをしなくなりました。これくらいはだれでもやっている、ばれなければ大丈夫。そんなふうに、いつのまにか、いいかげんに生きることが、自然と身についてしまったようなのです。

でも……、私はときどき思うのです。どうして、私はこんなにも人を憎んでしまうのだろう。どうして、もっと人を愛して生きられないのかと……。

それは、私がずっと心に思ってきたことでした。人として、この世に生きていれば必ずだれかが嫌いになり、憎悪の感情、ときには殺人願望さえ起きるのですから、ああ、生きていくということは、何と辛《つら》いことでしょう。自分の心の醜《みにく》さをいつも突きつけられるのです。完全な愛の人、本当に心の優しい人になりたいと、どんなに願ってきたことでしょう。でも、どんなに努力してみても、イエスさまにごめんなさいと言ってみても、必ずまた私は罪を犯《おか》し、自分の弱さや醜さの中で無残な敗北感を味わうのでした。それでいいのだ、という人もいるでしょう。そうしていくうちに、だんだんと心の清い人になっていくのだから、もっと気楽に構えたらいいのだと……。しかし、私はそのような考え方にすっかり飽きてしまいました。

また、ある人々は言うでしょう。人間は所詮《しょせん》人間であり、全能の神さまには程遠い存在なのだから、分をわきまえて、完全になろうなどとは思わないほうが賢明だ。罪や過《あやま》ちを犯すのが人間だし、犯したならば、素直に認めてあやまって、心晴れ晴れとなってやり直したらいい……。自分の弱さや醜さも知ることにはなるが、それに勝る神さまの愛と哀れみも、ますます深く知ることになるのだから、その神さまに、ただ感謝して生きればいいのだと……。

ああ、しかし――私は、何度も同じ過ちを犯してしまう自分がほとほと嫌なのです。たとえば、クマのぬいぐるみを見ていると、欲しくて欲しくてしょうがなくなって、いつのまにか接近しているのです。そして、結局は取ってしまうのです。それが、店のショーウインドーの中であっても、だれかの家のリビングルームのソファの上であったとしても全く関係ありません。それがクマのぬいぐるみであるというだけで、私の心は熱くなってしまうのです。ちゃんとお金を払うなら、取ったことにはならないでしょう。ちゃんと持ち主の許可を得るのなら、罪に問われることもないでしょう。ところが私は、私には……そんな簡単なことができません。そんな手順を踏むことすら思いつかず、たとえそのように指導されたとしても、たぶん従えないのです。そしてまた同じ失敗を繰り返してしまうのです。こんなふうに生きてしまう私なのに、どうして心晴れやかになんかなれましょう。いっそ、消えてしまったらいいのに……と思うのです。

＊　＊　＊

私は、……列車に乗っていました。二人ずつが向き合って座るレトロな列車の窓際《まどぎわ》に、バッグを抱いて座っていました。そして私の向かいには、笑顔の美しい老婦人と品のいい白い髭《ひげ》の紳士とが並んで腰かけていました。その人たちは、とても柔和な表情をたたえていて、交わし合うその言葉には独特の響きがありました。おそらく真理をつかんだ人たちだけが、こんなぬくもりを持っているのだろう……私は、そんなふうに思ったのです。そして、あぁ、これが、天国行きの列車というものかもしれないなと……。私は、そんな人たちに会えたのが嬉しくて、夢中で話しかけました。彼らは言いました。

「どちらまで行かれるのですか？」

私は、言葉につまってしまいました。どちらまで？ と聞かれても、私にはどこといって何の目的もなかったのです。ただ、私が目の前にしていた、そのような麗《うるわ》しい平安そうな人々とならばどこまでも行きたいという、そんな単純な気持ちなのでした。私は答えました。

「とりあえず、地に足のついた暮らしがしたいので街を出たんです。とにかく、どこか遠くまで行って降りてみます」

その人たちは、私を見てにっこりしました。そうして、私に一冊の本を手渡しながら言いました。

「困ったことがあったら、これを読んでごらんなさい。きっと、あなたを助けてくれる何かが書かれてありますよ」

私はお礼を言って受け取りました。それから黙ったままで、コトコトと列車に揺られていきました。田園地帯を通り過ぎ、パステル調のきれいな色の家ばかりが、ずらっと並んでいる所を通りました。どの家にも美しい庭があり、まるで絵に描いたように鮮やかに、人々の暮らしを彩《いろど》っていました。一瞬、降りてみたいなと思いました。こんな所に住んでみたらどうだろう？朝起きて、コーヒーを沸かして、パンを食べ……庭に出て、花にキスして、すてきな訪問客が来るのを待っている……。そんな暮らしをしていたら、この私の心の醜さなんて何もかも、いっさい気にならなくなるのではなかろうか。そんなことを考えていました。

しかし、そんな夢のような時間も束《つか》の間でした。その紳士と老婦人は、次の駅で降りてしまったのです。そこは畑も家も全く見えない、暗くて深い森の中でした。二人は私に向かってお辞儀をし、あたたかいまなざしを残して去っていきました。私は一人取り残されたような気がして、淋しく窓の外を見つめました。二人の姿を探しましたが、見つかりませんでした。不思議な森の中に、吸い込まれていってしまったのでしょうか。二人の余韻だけが、向かい側の座席の上に、まだほんのりと残っていました。

それから、私はうとうとと眠ってしまったようでした。気がつくと、朝でした。外は荒野《あらの》のような平原が、はるか彼方《かなた》まで続いていました。見ると私の向かいの座席には、一人の男性が座っていました。その人は、帽子を目深《まぶか》にかぶったまま、腕を組んで、窓にもたれて眠っていました。そして、その人の頭の向こうでは、荒野がビュンビュンと飛ぶように過ぎて行きました。

朝日がだんだんと眩《まぶ》しくなってきた頃に、その人は目を覚ましました。それから私を見て軽く会釈《えしゃく》をし、巻煙草に火をつけました。私は、煙草の煙が苦手だったので席をかわろうとしたのです。するとその人は「失礼しました」と言って、すぐに床で火をもみ消しました。それから伏し目がちにこう言いました。

「しばらく一緒にいてください。私は、人を殺してきたんです」

一瞬、耳を疑いました。そして、これは天国行きの列車だとばかり思っていた自分の考えに、誤りがあるかもしれないと思い始めたのです。私は何と言っていいのかわからずに、ぼおっとしたまま、その人の顔を見つめていました。すると、その人は泣きながら言いました。

「殺すつもりはなかったんです……」

「あの……」

私は、言葉を継ぐことができませんでした。

「悲しかった……あの人が、私以外の人を愛したことが、私はとても悲しかったのです。あの人は、どこかの私の全く知らない人と一緒に歩いていました。私は、あの人と二人でどこまでも歩いていたかった。あの人のあの瞳は、私だけを見続けていてほしかった。しかしあの人は……私ではなく別の人を……その瞳の中に映し、慈《いつく》しみ深いまなざしで見つめながら一緒に歩いていたのです。私は、そんなあの人に耐えられなかった。そして私は、気がついてみたら、あの人を、この手で殺していたんです――」

そう言って、両手で顔を包みこんで咽《むせ》び泣きました。その袖口《そでぐち》には、うっすらと血の跡がついていました。おそらく、刃物か何かで刺し殺してしまったのでしょう。その、嫉妬《しっと》に狂ってしまった両手から、愛する者を失った悲しみが、川のように流れていました。

私はなおも何も言えずに見つめていました。ああ、私にも——似たようなことがあったような気がする——本当に刃物で刺し殺したわけじゃない、でも、だれかを殺してしまいたいほどに愛に傷ついたことはある——。しかし、そんな自分の体験談など話したところで一体何になるというのでしょう。この人に今必要なのは、単なる共感だけではないような気がしました。では、何が必要なのでしょう。罪の赦《ゆる》しでしょうか？　イエス・キリストにごめんなさいと言えばいいよ、そうしたらどんな罪でも赦されて天国へ行けるから。そんなことを言ってみるべきなのでしょうか？　私には、そのどちらも同じくらいに的《まと》の外《はず》れたことのように思えました。私は悩みました。かける言葉も思いつかず、泣いている人にハンカチ一枚も差し出せないで、私はただぼんやりと、そこに座っていたのです。

そのうちに、車掌がやって来ました。紺の制服に身を包んだ背の高い青年でした。車掌は心配そうに聞きました。

「どうかなさいましたか？」

私は言いました。

「……この方、昔のいろんなことを思い出されて……とてもお辛くなられたのです」

車掌は、

「そうですか。それはお気の毒に……。でも、終点まではまだだいぶありますからね、どうぞゆっくりと休んでくださいね」

と言いました。

泣いていた男性は、それを聞くと、驚いた顔で言いました。

「ありがとうございます。あの……私、まだ切符を買っていないんですよ」

車掌は笑って、

「あ、いりませんよ。切符は、いらないんですよ」

と言いました。そうして、列車の揺れに合わせて上手にバランスをとりながら、次の車両へと歩いて行きました。

「あ、待ってください――」

私は、あわてて立ち上がり、夢中で駆け出して行きました。

〈あの、車掌さん――この列車は――、この列車は一体どこへ行くのですか〉

そんな言葉を胸に握りしめたまま、私は次の車両へと走りました。からだをあちこちにぶつけながら、ようやく入口にたどり着き、その重たい扉を開けましたが、車掌の姿はどこにもありませんでした。

私は途方《とほう》に暮《く》れ、悲しい気持ちで、よろよろと歩いて行きました。すると、しくしくと、だれかの泣く声がするのです。私はおそるおそる一つ一つの座席をのぞきながら行きました。それは――女の子でした――。淡い栗色の巻き毛を肩まで垂《た》らした、五歳くらいの女の子でした。その子は、小さなクマのぬいぐるみを片手でギュッと自分の胸に押し当てて、もう片方の手で自分の目をこすりながら肩を震わせていたのです。私はそっと尋ねました。

「どうしたの？」

「……あのね……お耳……痛いの……」

見ると、女の子の抱いているクマのぬいぐるみは、左耳と頭との間が破れて、中から白い綿が出ています。女の子の目は涙でぬれて、髪もクシャクシャになっていました。私はそばに寄って言いました。

「かしてごらん」

私は、自分のバッグの中からソーイングセットを取り出すと、急いで針に糸を通しました。そして、そのクマのぬいぐるみの取れかけた耳を、チクチクとその頭に縫いつけていきました。女の子は、不思議そうにそれを見ていました。そしてその瞳はだんだんと、透明なブルーになっていきました。

「はい、できた！」

私は、黄色い糸をチョンと小さなハサミで切ると、そのクマさんを女の子の手に渡しました。すると、その子の頬がパッと薔薇《ばら》色になって、私に抱きついてキスをしました。そして、クマさんをキュッと抱きしめると、その薔薇色の頬を、いつまでもクマさんに押し当てているのでした。私は、その様子を見ながら、ゆっくりとまた歩いて行きました。どうしても、あの車掌を見つけたかったのです。どうしても、あの人に聞きたかったのです。でも……なぜでしょう……私は急に歩けなくなってしまいました。ふうっと、からだ中から力が抜けていくようでした。あの女の子の栗色の髪が、あまりにも柔らかかったせいでしょうか。いや、その瞳の色が、あまりにも青く透明だったからでしょうか。私は突然、自分が何をなすべきなのか全くわからなくなってしまったのです。

気がつくと、私は、ギュッとバッグを握りしめていました。私は、自分のバッグの中から、クマのぬいぐるみを取り出しました。それは、私がどうしても欲しくなって、ある人から横取りしたものでした。でも、一旦奪い取ってみると、あんなに欲しかったのに、見るのも嫌になってしまったのです。見ているだけで、強烈な不快感に襲われて息がつまりそうになってしまうのです。だから、ずっとバッグの底に――できるだけ見えないようにして――押しつけてあったのです。私はそのクマのぬいぐるみを手に取ると、走っている列車の窓を開けて、思い切り外へ放り投げました。そして、心の中で叫びました。

「ごめんね！」

何がごめんね、なのでしょう。持ち主にも返さずに、おわびにも行かずに、何がごめんねなのでしょう。悲しいほどにあのクマさんが欲しくって、ただ抱きしめたくて、無邪気に奪って自分のものにしてしまった……。でも結局、私もクマさんも幸せになれなかった。結局、私はクマさんをこんなふうに捨てなくてはならなかった――。

私は泣きたくなりました。すると私の横で一人の女性が、身をかがめて何

かを拾おうとしていいます。私が急に窓を開けたので、風で何かが落っこちてしまったのでしょうか。私が、

「あ、すみません――」

と言いますと、その人は晴れやかな顔をして、

「これ、おもしろそうな本ですね。読んでもいいですか？」

と言いました。

彼女が拾い上げたのは、あの柔和な人たちが私にくれた本でした。おそらく、私がバッグを開けてクマさんを出した瞬間に、一緒に飛び出してしまったのでしょう。私は微笑みながら、

「ええ、どうぞ」

と言いました。そして、その人とその本とを、かわるがわる見続けていたのです。私はその本を、まだ一度も開いていなかったので、そこに何が書かれてあるのか、とても興味があったのです。あの人たちは私に、何か困ったこ

とがあったら開けてみて、と言っていました。そして、私を助けてくれるようなことが書かれてあると。

私は、その人の読んでいる本をのぞきこみました。そのページには、こう書かれてありました。

「わたしを……愛してくれてありがとう……」

そのとき、列車が急に止まりました。そこは、今まで見たこともないほどに美しい場所でした。

雪の車

雪が降っていました。くる日もくる日も降りつもり、サキちゃんのおうちの前は、まっ白な雪ですっかり埋もれてしまいました。

「さあ、雪かきをしよう」

サキちゃんのお父さんが言いました。

「あたしも手伝う」

と、サキちゃんのお姉ちゃんも言いました。

サキちゃんのお姉ちゃんの名前は、リコちゃんです。リコちゃんは、その日は朝から長靴をはいて、お父さんといっしょに、せっせせっせと雪かきをしました。でも、雪はどんどん降りつもります。

リコちゃんは、大きなスコップでいっしょうけんめいに雪を運びますが、とてもお父さんには追いつけません。お父さんは、リコちゃんの背丈ほどもある長い柄《え》のついた大きなスコップで、ザックザックと雪を掘り、雪を持ちあげ、家の前の一角に積みあげていきました。あっというまに巨大な雪の山ができました。

「さあ、休もう」

と、お父さんは言いました。

リコちゃんは、ふうと息をつきました。お顔がまっ赤になっています。手がジンジンとして、冷たいようなあたたかいような、何だかわからないけど、とってもステキな気分になっています。リコちゃんは、トンと軽くジャンプして、長靴にくっついた雪を落としてから、急いで玄関の戸を開けました。そうして、台所のテーブルで本を読んでいるサキちゃんに向かって言いました。

「ねえ。雪像《せつぞう》をつくらない？」

「雪像って？」

「うん。ああやって、雪を固めておっきくしてね、それを好きな形に彫《ほ》っていくの」

「ふうん……。あ、それ、どっかで見たよ。学校へ行く途中の青いおうちの前に、雪のドラえもんとか、キティちゃんとか、いたよ」

「あ、そうそう。アナ雪のオラフも見たわ」

と、サキちゃんのお母さんも、おたまを持ったまま言いました。そうして、ちょっと困ったような顔をして、

「でも、雪をいっぱい集めないと無理だわね」

と、言いました。

「いっぱい集まるかな？」

リコちゃんが言うと、

「うん。この調子だと、四、五日かなあ」

と、お父さんが言いました。

「作ろうよ！」

サキちゃんが言うと、お父さんが、キュッとこぶしを握って言いました。

「ようし。雪像をつくるぞ！」

でも……、よく考えたら、お父さんは明日からお仕事なのでした。雪像なんて夢のまた夢かなあ……。サキちゃんは、ちょっとだけしか本気にしていませんでした。

ところが、翌朝、サキちゃんが起きて、窓の外をのぞいてみると、昨日の雪山がすこしだけ大きくなっていました。気のせいかな、と思いましたが、台所のほうから、お母さんが、こう言っているのが聞こえてきました。

「リコちゃん、寒いのに、お疲れさま。助かるわ」

それで、サキちゃんは思いました。

〈あっ、お姉ちゃんだ。お姉ちゃんが雪かきをしたんだな。……お姉ちゃん、

雪できっと何かつくるんだな……〉

次の日も、次の日も、雪が降りました。そのたびに、サキちゃんのおうちの前の雪山は、すこしずつ大きく大きくなりました。

隣の家のおばあさんが、回覧板を持ってやってきました。おばあさんは、頭の上につもった雪をパタパタしながら言いました。

「毎日よく降るねえ。……この雪ん中、おたくは車がないからたいへんだね。息子が車を出してあげるからね。必要な時は、いつでも言っとくれよ」

そうです。この北国では、自家用車を持ってない家なんてめったになく、人々はもっぱら車でいろんな所に移動するのです。

サキちゃんの一家がこの地方に引っ越してきたのは数年前のことですが、以前はあたたかい都会に住んでいました。そこでは、雪がめったに降らないので、いつでも自転車に乗ることができました。電車やバスの便もよかったので、自家用車を持つ必要もなかったのです。でも、ここでは時々、不便だなあと感じます。なにせ冬は雪も多く、寒さも厳しいので、歩いて長い距離を移動するのはひと苦労です。とくに、小さい子どもたちにとっては危険なこともいっぱいあります。それで、子どもを車で送迎する親たちも多くいて、そんな車に、サキちゃんもリコちゃんもよく乗っけてもらっているのです。時々、サキちゃんは言いました。

「ねえ。どうしてうちには車がないの？」

お父さんもお母さんも、それにはありきたりの答えをしていましたが、買い物がたくさんになって重くなると、お母さんは思うのです。ああ、車があったら楽なのにねえ、と。でも、元気のいいお父さんは、すこしも不自由を感じていないようでした。今日は隣のおばあさんちの車をあそこで追い抜いたんだとか、今日は市営バスよりも早く駅に着いたんだとか、そんな自慢話を、いつも楽しく聞かせてくれるのでした。

お父さんの足は自転車より速い。お父さんの自転車は車より速い。そして、

――お父さんの足は車よりも速い――。リコちゃんも、サキちゃんも、そんな明るくて元気のよいお父さんが大好きでした。

ところが、ある日のこと、お父さんが病気になってしまいました。ひどい咳《せき》が何日も続き、お仕事も何日か休みました。お母さんは、せっせと一人で買い物に行って、ご飯をつくってくれました。リコちゃんもサキちゃんも時々、心配そうにお父さんのまわりで行ったり来たりしていました。

そうして、明日はクリスマスイブという日がやってきました。お父さんもお母さんも、子どもたちに何かプレゼントをしたいなと思いましたが、お父さんが病気ですから、これでは思うようにプレゼントを買いに出かけることもできません。リコちゃんもサキちゃんも、家の中に閉じこもって、おしくらまんじゅうをしたり、人形ごっこをしたりして遊んでいましたが、どうも気分がパッとしないのでした。

リコちゃんは、すっくと立ち上がり、窓の外に目をやりました。それから、何を思ったのか、サッとおもてに飛び出して行きました。リコちゃんは一人で、ザックザックと雪かきを始めたのです。それを見て、サキちゃんも急いで毛糸の帽子と手袋を取り出しました。そして、小さいほうのスコップを持って、勇《いさ》ましくリコちゃんのあとに続いたのです。

リコちゃんは、お父さん用の大きなスコップをいっしょうけんめい雪の中に突っこみますが、スコップも雪も重すぎて、なかなか持ちあげることができません。それでもリコちゃんは、息をハアハア言わせながら、ガッシガッシと雪を運び、今までできた雪山の上に、雪を投げあげていくのでした。そのうちに、その雪がサキちゃんのお腹にドン！とかかって、サキちゃんはその大きな雪山の中にぶっ倒れてしまいました。

「サキ！」

リコちゃんはあわてて駆けよると、雪まみれのサキちゃんを、よっこらしょ、と助け起こしました。

「ばあ！」

と、サキちゃんはおどけた顔を見せて笑いました。リコちゃんも、キャッキャと笑って、その雪山に、こんどはドン！ と仰向《あおむ》けに自分のからだを投げ出しました。白い空がまぶしいほどに輝いて、そこからハラハラとやわらかな雪の結晶が舞い降りてきます。

サキちゃんは言いました。

「ねえ。平べったくしようよ」

「え？」

「平べったくしよう。そうしたら、おもしろいものができそうな気がするよ」

「そうだね。この雪山、もう大きすぎるから、四角くしながら固めていこう」

そこで、二人はまず、雪山の頂上をペッタペッタとスコップでたたいて、削ったり、二人でかわるがわる雪山の上に乗っかったりして、四角いベッドのような形のものをつくりあげていきました。

そして次の日の夕方、やっと二人の身長ほどの高さの、四角くて、固い、大きな雪のかたまりができました。ちょうどそこへ、お母さんが買い物から帰ってきました。お母さんはそれを見て、目をまんまるくして叫びました。

「まあ！　これは、きっと、すてきな車になるわ！」

お母さんは、庭に買い物袋を放り投げて、中から玉ねぎやかぼちゃを取り出しました。そして、

「これ、ライトになるわ！」

と言って、その雪のかたまりの正面に、カボチャを二つ、ググッと力いっぱい押しつけました。

それを見て、リコちゃんとサキちゃんの目がパアッと明るく輝きました。

「あたし、タイヤをつくるよ！」

と、リコちゃんが言うと、

「あたしは窓！」

と、サキちゃんも言って、あれよあれよというまに、りっぱな雪の車ができあがりました。それはまるで、一台の自家用車が、雪をかぶって家の前に停められているようでした。

「パパあ！」

リコちゃんとサキちゃんは歓声をあげながら、家の中へ飛びこみました。するとそこには、寝巻姿で、ひげがぼうぼうに伸びたお父さんが、椅子に座ってゆっくりとミルクティを飲んでいました。

「あのね、あのね――」

サキちゃんが、ほっぺをまっ赤にしています。

「パパ。車だよ！」

リコちゃんが、Vサインをしています。

お母さんは、買い物袋を持って家に入ると、すこし元気そうになったお父さんを見て、言いました。

「さあ、じゃがいもだらけのシチューのあとは、雪あかりの中をドライブにでも行きますか」

そして、エプロンをつけると、いつものようにトントンと、晩ご飯のしたくにかかりました。


さて、日もすっかり暮れました。みんなのお腹は、おいしいシチューでほかほかとあたたかくなりました。

コンコンコン……。

玄関の扉をたたく音がします。こんな時間に誰でしょう。お母さんが出てみると、見慣れないおじいさんが立っていました。そのおじいさんは、赤と白のシマシマの奇妙な服を着ていました。そして、リンリンと鈴を鳴らして言いました。

「ごめんください。わしは、サンタクロースなのじゃ。今夜はクリスマスイブじゃから、世界中の子どもたちにすてきなプレゼントを届けようとしておるのじゃが……。じつは、橇《そり》がこわれてしまった。それで、とほうにくれて、たまたまこのへんを通っておったら、そこに、ちょうどいい乗りものを見つけてのう。あれはお宅の車かい？　すまんが、一晩かしてはくれんかね」

「はあ？……」

お母さんはびっくりしました。こんなことってあるのでしょうか。ほんとうに、この人はサンタクロースなのでしょうか。それとも、ただふざけているだけなのでしょうか。子どもたちは、食卓からじっと耳をすまして聴いています。お母さんがとまどっていると、そのおじいさんは言いました。

「まあ、突然こんなことを言っても、信じられんかもしれんがなあ。わしも、年に一度のこの大仕事を、投げ出すわけにはいかんのじゃよ。それに、あの車はとても性能がよさそうじゃ。どんな国でも、ひとっ飛びに行けるじゃろう。ああ、子どもたちの喜ぶ顔が待ちきれんわい……」

それを聞くと、サキちゃんは椅子からパッと飛び降りて、玄関のほうに走りました。そしてそっとのぞくと、そのサンタおじいさんと目がパッチリ合ってしまいました。おじいさんはにっこり笑って、白い袋の中から棒つきキャンディを取り出しました。そして、

「さあ、これをお食べ。そして、わしの仕事を手伝っておくれ」

と、言いました。

お母さんはあわてました。冗談じゃないわ、と思いました。でも、お父さんは笑っています。そして真剣な顔で、こう言いました。

「サキちゃん、行っておあげよ。きっと、いい勉強になるよ」

リコちゃんは言いました。

「あたしも行きたいな……」

サンタおじいさんは、

「ああ、いいとも」

と喜んで、リコちゃんにも棒つきキャンディーをくれました。

でも、お母さんは言いました。

「ほんとうに、大丈夫かしらねえ？　子どもたちだけで……」

お母さんはとても心配だったのです。まだ小学生の女の子たちです。一体どこに連れて行かれるのでしょう。そして、どんなお仕事が待っているというのでしょう。

でも、サキちゃんとリコちゃんのお顔は、まるで、真夏の真昼の太陽みたいに、すっきりと輝いていたのです。お父さんは言いました。

「きっと、すばらしい旅になるよ」

それを聞いて、お母さんも、

「そうねえ……、きっと、そうねえ」

と、ゆっくりとうなずきながら言いました。

さあ、出発です。サンタおじいさんの助言により、リコちゃんとサキちゃんは、ファーつきのダウンコートを羽織《はお》りました。でも、ノースリーブのワンピースもリュックの中に詰めました。ペットボトルには自分用の飲み水と、ポケットにはチョコレート少々。それからサンタおじいさんは、サキちゃんたちの家の軒下《のきした》にいつも置いてある配達用の牛乳の空き瓶《びん》に、雪をいっぱいにするようにと言いました。どうしてなのかはわかりませんでしたが、サキちゃんとリコちゃんは言われたとおりにして、それを大事に抱え、まっ白な雪の車の中に乗りこみました。

お父さんとお母さんが、三人を見送るために家の外に出てきました。サンタおじいさんが運転席に乗りこむと、車はいきなり発進し、あれよあれよというまに、天高くのぼって行きました。

「パパー」

「ママー」

助手席に並んで座っているリコちゃんとサキちゃんは、いつまでも手を振っていました。

お父さんは言いました。

「さあ、中に入ろう……」

お母さんは、心の中で言いました。

「どうか……いい旅になりますように……」

そして、月の見えない空に向かって、にっこりとほほ笑んだのでした。

次の日の朝、

「ただいまあ！」

子どもたちは、元気な声で帰ってきました。

お母さんが戸を開けてみると、二人はほっぺをまっ赤にして、白い息をハアハアさせて立っていました。あたりを見渡しましたが、サンタおじいさんの姿はなく、あの雪の車も、どこにもありませんでした。

二人が言うには、サンタおじいさんが二人を連れて行ってくれたのは、南の国の、とても貧しい男の子の家だったそうです。その家には、お父さんもお母さんもいなくて、男の子は一人でゴミを拾い集めながら、病気のおばあさんと二人で暮らしていました。食べ物もろくに食べられず、飲み水も、毎日遠くまで汲《く》みに行かねばなりませんでした。しかもそれは、あまりきれいな水ではなかったのです。

その家で、サンタおじいさんはリコちゃんとサキちゃんに、持ってきた牛乳瓶を出すように言いました。二人はその瓶を、ずっと大事に胸に抱えていたのでしたが、見ると、あの時二人が詰めこんだ雪はとてもきれいな水になり、キラキラと輝いていたというのです。きっと、男の子とおばあさんは、クリスマスの朝に目覚めて、そのきれいな水をゴクリゴクリと飲んだことでしょう。それを思い浮かべただけで、二人はとても幸せな気持ちになりました。そしてサンタおじいさんは、二人に一つずつ、ココナッツの実を手わたしてくれました……。

お父さんとお母さんは、その話をフムフムと感心しながら聞いていました。

そして、お父さんがその固いココナッツの実を、コンコンコンと辛抱づよく割ってみると、中から、まっ白な果肉が出てきました。

サキちゃんは言いました。

「ココナッツの実、しろーい！」

リコちゃんも言いました。

「ココナッツも雪も、しろーい！」

その時、窓から、レースのカーテン越しに明るい光が射しこみました。お母さんが、そっとカーテンを開いてみると、家の前の道を、隣のおばあさんが歩いていました。ブツブツと何かつぶやきながら、何度も小首をかしげながら、サキちゃんの家の庭をのぞきこんでいきました。

お母さんは空を見あげ、クスッと笑って、そっとカーテンを閉めました。

そして次の日、お父さんは病気もすっかりよくなって、またいつものように、元気に雪の中を走ってお仕事に出かけて行きました。

森下みかん（もりした・みかん）
1963年福岡県生まれ。子どものころは歌やお絵描きが大好きだった。世界のみんなと友だちになりたくて言語学を学んだが学問に挫折し、87年、24歳でクリスチャンになる。その後、大学時代には全く関心のなかった森下辰衛とばったり出会い、92年に結婚。2006年から北海道旭川市に住む。旭川のパンとスイーツが大好き。4人のユニークな娘がいる。

天国への列車

2016年12月10日　第1刷発行
著　者　森下みかん

発行者　中野葉子
発行所　ミツイパブリッシング
〒078-8237　北海道旭川市豊岡7条4丁目1-7　2F
電話 050-3566-8445
E-mail : hope@mitsui-creative.com
http://www.mitsui-creative.com

印刷・製本 株式会社総北海

ISBN978-4-907364-05-2 C0093

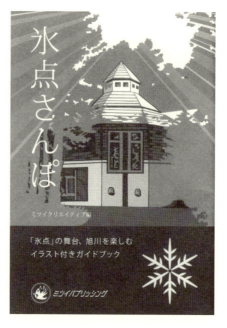